ソングレイン

「ルール32　ささやかな物を楽しめ
手にはトゥインキー
そのスポンジケーキを味わっても
無垢には戻らないだろうけど　僕らには
希望がある
仲間がいなけりゃ
ゾンビと変わらない

覚えておいて
有酸素運動とシートベルト
それから関係ないけど日焼け止めも
ゾンビランドからオハイオ州コロンバスでした
おやすみ」

映画「ゾンビランド」より

目次

ソングレイン

本駒込ライフ

ソングレイン

ソングレイン

きょうは雨のかわりに
歌が降っているから
傘は置いていこう
歌に濡れよう

歌を浴びて
ネコが歩いている
トラックも走っている
地面は光っている

ここがここになるずっと前から
歌は降っていた
いまがもういいまではなくなった後にも

歌は降りつづけるだろう

歌が降っている
ぼくはまだ歌わない
歌が降っている
死んだらぼくも歌になるのか?

歌が降っている
アジサイの花びらに
ナメクジの角に
ヒトの唇に

歌にうたれて
ことばが舞い散ってゆく
道ばたの排水口に
消えてゆく

雲ひとつない空の青の向こうから
歌は音もなく染みだして
有ると無いの境に
降りそそぐ

みちゆき

ねえねえ、とおれは云いたい
スマホを見ているあんたに云いたい
肩をゆすって耳に口をよせてねえねえねえ
副都心線に野分が吹くまで

めっちゃ眠い唄

まばたきすると
女の顔のドアップが現れた
見たことのない女の
頬の斜面が視界いっぱいにひろがっている

もう一度まばたきすると
今度は氷山が現れた
白熊が一匹
俺を透かして水平線を眺めている

眠い、眠い、めっちゃ眠い
まばたきするたびチャンネルが変わる
眠い、眠い、めっちゃ眠い

衣装ケースの奥から自分がどろどろ溶けだしてゆく

先生はまだ喋っている
その声に殺意を抱く
空間にはなぜ前というものが存在するのか？
百均が冷たい

まばたきすると
あれとこれとの結び目が見えてくる
もう一度まばたきすると
一斉にほどける

結局そういうことなのよ
あいつが得意満面で喋っている
だったら生きていることにどんな意味があるのかと
問おうとして俺はウナギのふりをする

眠い、眠い、めっちゃ眠い
山頂まであと30メートルの地点で朽ちてゆく
戦前ゼリー
口から溢れ出す口

もはやこれ以上
ニンゲンとかセカイとかムリムリムリムリ
意味ではなくレモンをしぼって
だって牡蠣なんだから

みんな鍋の底まで降りておいでよ
一緒にひいふつ泡だとうよ
笑いながら泣きながら回りながら笑いながら
めっちゃ眠い

ずぼらな女の唄

ずぼらな女が歯を磨く
ずぼらな女が服を着替える
ずぼらな女が小銭を崩す
ずぼらな女はいつも何かしている
しないではいられないのだ
ずぼらな女が何かするたびに
秩序がくずれてゆく
だらだらまだらに拡散してゆく
宇宙が散らかり放題になる
ずぼらな女は僕と一緒に暮らしている
ずぼらな女は僕のことを愛している
ずぼらな女は僕のためにエビのチリソース煮を作る
でもやりっ放しだ

流しのステンレスに触角や肢が殻のかけらがはりついたまま
まな板には染みと匂いがこびりついている
ずぼらな女が手を触れるすべてが
混沌へと姿を変える
片付けるのはいつだって僕だ
ずぼらな女　庭はぼうぼう
ずぼらな女　風はごうごう
ずぼらな女　髪はぼさぼさ
ずぼらな女は自分がずぼらだと思っていない
きっとずぼらという概念すら持っていないに違いない
ゴミは勝手に消滅する
パンツは歳月が浄化してくれる
なにもかもあるがままでいいのだと
人類はいつだってそんなふうにやってきたのだと
ずぼらな女は高を括っている
僕が必死で片づけまわっている現実を受け容れようとしない

ずぼらな女が作った
エビのチリソース煮を食べながら
僕は漂っている
始まりから終わりへと向かう
気の遠くなりそうな崩壊のプロセスのまっただなかを
すべてが繰り返されているように見えながら
なにひとつ後戻りできない
出来事の非連続を
ずぼらな女のずぼらさに導かれるがまま
迷子になったルンバみたいに

ただひとつのタスクの唄

いま君はＡＴＭから金を引き出している
いま僕はフライパンにこびりついた油を落としている
いま君はブラジャーの留め金を外す
いま僕は隣のアパートのベランダの朝顔を見る

僕らは毎日数えきれないタスクをこなす
いつも絶えまなくなにかしている
なにもしていないときだって頭のなかは忙しい
ぼーっとしててもハートは脈打っている

いま君は甘く饐えたような匂いを嗅ぐ
いま僕はふと思い出す
そして信じている　生きるということは

数えきれない小さなタスクから成り立っているのだと

でも、それは完全な勘違い
僕らはほんとうはたったひとつのことしかやっていない
一生かかって　一分一秒どんな瞬間だって
やっているのはそのひとつだけ

それは波を打つこと
おおきな海のはるかな沖から
誰もいない浜辺を目指して打ち寄せること
一目散に駆けてゆくこと

いま君は高く盛りあがる
いま僕は低く沈みこむ
いま君はタンカーの舳先に引き裂かれ
いま僕はプラのゴミにまみれる

それでも僕らは止まらない
なぜなら僕らは波なんだから
地球の愛の重力に抱きしめられながらも
冷たい月の囁きに逆らうことはできないのだから
いま君は飛沫(しぶき)をとばす
モンスーンに襲われてもみくちゃにされる
いま僕はのっぺり凪いで静まりかえる
鏡のように夕焼けを映す

僕らは不滅だ
なぜなら僕らは物質ではないのだから
どこまでも進み続ける宇宙の運動そのものだから
誰にもそれは止められない

いま君は真っ白な砂浜を目指し

いま僕はごつごつの岩場を目指して
一心不乱にうねってゆく
一生かかって近づいてゆく

そしていつか——
ざぶーんと打ち上げられる
どどーんと打ち砕かれる
その時きっと僕らは我を忘れるだろう

そして思い出すだろう
無数の波のかけらが沖に向かって返してゆく
まるでウミガメの赤ちゃんみたいに
水平線まで帰ってゆく

いま君はゆらいでいる
いま僕もゆらいでいる

見えない糸にときほぐされて
ときに交わり　ときにはなればなれで

のう

道ばたの新聞紙が
春風に煽られて捲れあがり
一瞬すっくと直立した

路面の影が生き物のようにうごめいて
やがて一本の線になるのを
私は見ていた

それだけ語り終えると
シテはふたたび橋掛かりを渡って帰っていった

そこで交叉する君と僕の隕石の唄

僕は宇宙のこちら側から
そこへ向かってまっしぐらに接近してゆく
君は宇宙のあちら側から優雅なカーブを描いてくる

僕らはまだそこにいない
だがそこはこの世の始めからそこにあった
神さまが光あれというよりも前から
隕石が降り注いでも海が沸騰しても恐竜に踏みつけられても
そこは健気にずっとそこだった

今、そこはヨドバシカメラと静かに対峙している
グーグルアースにじっと見下ろされている
3時5分前から3時ちょうどへの悠久の時の流れに身を委ねている

僕はこちら側からまっしぐらにそこへ接近してゆく
君はあちら側から優雅なカーブを描いてくる
宇宙はからっぽですかすかだ
真空には抵抗がない
いったん動き出した物体は
別の物体とぶつかるまでひたすら進み続けてゆくしかない

僕らはまだそこにいない
だがそこはすでにこの世界の終わりを予感している
キューの先っぽでトン！　と突かれたすべてのビリヤードの玉が
宇宙全体に均等に散らばって
ぴたりと静止するときがくるのを知っている

3時12分
君は額に汗を滲ませて改札から駆け寄ってくるだろう

僕は携帯から顔をあげて片手をあげるだろう
それからすれ違う刹那に
しっかりと互いの手首を摑まえて
くるくる回り始める

相反するエネルギーの衝突と炸裂に身をまかせて
フィギュアスケートのペアの演技の最後のデススパイラルみたいに
錐揉み状態に陥ったジェット機みたいに
制御不能と化してしまう

あるいは髪の毛一本分ほどの距離を隔ててすれ違い
そのままあっけなく宇宙の涯と涯へと永遠に遠ざかってゆく

けれどいま
僕らはまだそこにいない
そこにはお茶も映画も食事もキスも誕生していない

数えきれない「元気？」も「じゃあね」も
一度だけの「さようなら」も
忘却も悔恨もない

ただそこだけがぽつんとそこに浮かんでいる

僕はこちら側からまっしぐらに
君はあちら側から優雅なカーブを描いて
ふたりともギンギツネみたいな尻尾を引きずって
そこを目指して
１３８億年の旅を続ける

小籠包とイトカワの孤独な充足の唄

なにもかも最初からそこにあった
ぼくらはなにひとつ新しく作り出さない
ただほんの少し配列を変えるだけ
この石ころとあの石ころの位置を置きかえ
無限の組み合わせのなかから
ふたつかみっつつだけ選び取る

人波でごった返す週末の横浜中華街
どの店で何を食べようか
まだ誰も決めていない
でもほんとうはみんな知っている
君はいま3歳、13歳、33歳、それとも103歳？
占い師のおばさんがタロットカードのように

君を束ねてシャッフルする

セイロのなかの小籠包に思いを馳せよう
その暗い孤独な充足に
はやぶさと出会う前のイトカワの何十億年かを重ねよう
存在は価値を凌駕する
ぼくらは空中の雨粒のように遍在し
地面に砕けてひとつになる

安全安心の幻想とともに
ペットショップの水槽に幽閉されている仔猫たち
どの家で誰を愛そうか
まだ誰も決めていないのにもうみんな知っている
君はいま3歳、13歳、33歳、それとも103歳？
瞼の裏に広がる夕焼けはいついつ暮れる？

ぼくらはなにひとつ新しく作り出さない
ただほんの少し配列を変えるだけ
食べ終わったあとの回転しない丸テーブルの上で
くしゃくしゃに丸めた紙ナプキンが音もなく開いてゆくのを
固唾を呑んで見守るだけ

それ、全部ウソだから

ほんとはもう終わってるんでしょう？
みんなそれ知ってるでしょう？
知らないふりして続き演じてるだけなんでしょう？
知っているのに知らないふりをするのは
知らないのに知っているふりをするよりもずっとキツイよ

街角でマイクを握って大声を発してる人はけっこういるけど
マイクなしで怒鳴っていた人たちはいつの間にかどこかへ消えていったね
収容所に連行されて拷問されて処刑されたりしたのだろうか？
最近みんなが抱っこしたり乳母車に乗せたりしている小犬たちに
生まれ変わってもう前世のことなんか覚えてないの？

下北半島を一周してきました

という絵葉書が届いた
勝手に回ってろよ、永遠にぐるぐるしてろ
と思いながら敬語も謙譲語も完璧なメールを返した
人類が滅んだ後の地球を回りつづけている人工衛星としての我が師の恩

そりゃ血が出るのは殴った拳の方でしょうよ
看板はただボコボコになるだけで
「ご理解とご協力」も「安全・安心」もケロッとしてる
爪を噛みちぎったり煙草の火を押しつけたりリスカするかわりに
なぜ刺青してピアスしてパンクにならないのですかだってブラブラブラブラー

顔の真皮のすぐ下にヒナギクの花びらが敷き詰められている夢を見て目が覚めた
本当に守りたいものが何なのかお前らに教えるわけがないだろう
詩なんか糞くらえだよだってわたしが糞なんだから
どんなテロにも震災にも剝がすことのできない皮膜のなかで息を止めて
センセイ、わたくし蟬しぐれの止むのを待っております

永遠の夏休みの唄

イジョーな世の中にセージョーに適応している人々は
ほんとはクルってんじゃない？
イジョーな世の中にセージョーに適応できない人の方こそ
マトモじゃない？

夏休みのショッピングモールは
どこか天国のたたずまい
音もなく上がってゆくエスカレーターが
迷えるタマシイたちを導いてゆく

最上階の通路の手摺から身を乗り出して
翼をひろげるヨイ子のみなさん
危ないですから

生きようとしないでください

聳えたつ巨大なジェラートの壁面を
セージョーとイジョーのシロップが混ざりあいながら
どろどろと雪崩れ落ちてゆく
そこへ天の一隅から急旋回してきて突き刺さるスプーンの入射角

目をつむったら何がみえる?
龍の古血に染まった海図、エンピツ書きのQRコード
自分自身の外に一歩踏み出しさえできたなら
もうどこに行けなくっても本望

完璧なファイティングポーズをとった君のフィギュアが
ケースに入ったまま大量に積み上げられている
透き通った嫋やかな声音
どれかひとつだけ歌っているのだ

まだ

あのよ

　びっしりと棚を埋め尽くす
ポテトチップスの袋のなかのポテトチップスの
　一枚一枚をおれは思う
色とりどりの容器のなかの液体洗剤の
　ねっとりと凪いだ表面を思う
おれには値札の精霊たちが空中を飛び交っているのが見える
　深夜のスーパーマーケットは影ひとつない眩しさだ
　おれはからっぽのカートを押しながら
　通路を通り抜けてゆく

美しい晩夏のカマキリとしての僕と
迫りくる君の靴の底の唄

不意に空が翳ってあたりが暗くなり
見あげるとまるで靴の底のような形の雲が迫ってくる——
と見えたのは実際に巨大な靴の底なのだった

君のスニーカーの底
もうずいぶん履き古した感じだ
白い底に貼り付けられた滑り止めの黒いゴムが
あちこち剝がれかかって
まだらな残雪と氷に覆われた
晩春のアイスランドの丘陵のようだ
片側からよれよれに踏みつぶされた紐の先がだらんと
垂れ下がってゆらゆら揺れてる

運命の振り子みたいに

そのはるか頭上ほとんど雲のかなたに
ぽつんと浮かんでいる昼間の金星みたいなかすかな点が
君の顔なのだろう
嗤っているのか怒っているのか
それとも泣いているのか
Tシャツの半そでのすぐ下を横切ってゆく
孤独なJALの機影

僕の手のカマが振り上がっている
僕自身は茫然として立ち竦んでいただけなのに

防御と威嚇
意思と本能
種族と個体

美しい晩夏のカマキリとしての僕と
故郷のイタケー島を目指して波乱万丈の旅を続ける
オデュッセウスのような目をして
コンビニへ行く途中の君が
その瞬間入れ替わり
君の暗い想念が僕の透きとおった明るいミドリ色の意識のなかへ
どっと流れ込んでくる

行為と言葉
自己と他人
意思とケミカル

その足を踏み下ろすことで
君は自分のなかに刻まれた無数の亀裂を
跨ぎ越そうとしている

アスファルトの上に飛び散る僕の体液が
真昼の太陽を浴びてきらきら輝く
その一瞬が君と僕のなかに同時に浮かびあがって――

君はハタと空中で足を止めると
その辺に落ちていたポテトチップスの空き袋を拾いあげ
そっと、そうっと、
ようやく泣き止んで寝息を立てはじめた
赤ん坊に毛布をかけるかのように
僕の上に覆いかぶせた

靴の底を汚すのが嫌だったのだ
それから君が改めて
片足で重心をとりながらもう片方の足を持ち上げた時
もちろん僕はもう袋の下から駆け出して
道ばたのフェンスの向こう側にもぐり込んでいた

いま網目越しに僕らは見つめ合っている
舞台の上で凍りついてしまったバレリーナのような君と
美しいカマキリとしての僕
僕のなかには君の若々しい死が
君のなかには僕の成熟しきった生が
互いに入れ子になったまま

まだ遠くの洋上にある台風のねっとりとした風が
金網を吹き抜けてゆく

黒い犬を抱いている唄

黒い犬を抱いている
膝の上にのせている
痩せてやつれた老いぼれ犬だ
背中を撫でたら
薄い皮がぬるりと動いた
背骨ひとつひとつの形が分かる
こいつ、もしかしたらミがなくて
皮と骨が繋がってないんじゃないか?
皮だけつまんで
ぎゅっと引っ張ったら
つるっと骨の周りを一回転したりして?
お尻に顔の皮が来て
顔にお尻の皮が来て

尻の穴から情けない目が
じっとこっちを覗いていそうな
黒い犬を膝に抱いている
膝も情けない
靴の底は地面にさわっている
離そうと思えばいつでも離せるが
そう思わなければいつまでもさわっている
だから俺は台座の上の銅像みたいに
固定されている
それも黒い犬を膝に抱いて
情けない犬を抱いた
俺は情けない
情けない俺に抱かれた
犬も情けない
情けない犬を抱いた情けない男の足が固定された
地球も当然情けないに違いない

太陽系もハヤブサ2も
ブラックホールもなにもかも情けないのに
みんなそれぞれ自分の
情けない黒い犬を膝に抱いて
けろっと座っている
どういうこと？
どういうこと？
誰ひとり立ち上がろうとしない
誰ひとり歩み去らない
情けない自分の情けない黒い犬を情けない膝から
地面に降ろそうとしない
どういうこと？
情けない黒い犬を情けない膝から降ろしたら
膝はもう情けなくなくなるのだろうか？
情けないは全部地面に移って
俺も情けなくなくなるのだろうか？

情けないは重力か？
俺たちゆらゆら空へ浮かんでゆくのか？
情けないの呪縛からときはなたれて雲になるのか？
誰も試したことがないから分からない
それともそれを
君は試してみたのか？
だからそうやってひとりでぷらぷら
野っぱらを歩いているのか？
手ぶらで
なにも抱かず
雲だけを従えて
血だらけの君の裸足の裏が
地面にくっついたり離れたりしている
くっついているときはくっついていて
離れているときは離れているが
ときどきくっつきながら離れ

離れているのにくっついたままになっている
歩くって
そういうこと？
生きるって
そういうこと？
試したことがないから分からない
情けない黒い犬を情けない膝にのせて
情けない地面に情けない靴の底を
情けなくくっつけたまま
みんなと一緒に座っているだけだから
いつまでたっても分からない
犬の皮の
尻の穴から
どろりとした黒い目が
野っぱらを斜めにずんずん突っ切ってゆく
血まみれの君の裸足を見ている

メンヘラの国を査定する唄

わたしメンヘラなんですと君が云う
それは何かとぼくは訊く
メンタルヘルスの略ですよと君は云う
ぼくは仰け反るそして思う
どうしてメンヘルではないのかと
ヘルをヘラに変えたその判断はどこで誰が下したのか
いやいやメンヘルはメンヘルであるんです
メンヘルはただのメンタルヘルスで
メンヘラをそれを病んでいるひとのことです
もともとはメンヘラーつまり-erの語尾をつけたわけですね
春風のようにやわらかな衝撃が
立て続けにぼくの脳を吹き抜けてゆく
圧縮と変容

強迫症的な圧縮と
陰湿な悪意をこめた変容が
イノセントな匿名性のうちに行われて
ほかの世界の誰にも分からない秘密の合言葉を作り出してしまう国
そうせずにはいられない人々の平和に暮らしている島
いや、だって
Healthからthを脱落させて
代わりにerを付ける、そこまでは論理的に説明できるとしても
Heallerから「ヘラ」へのビミョーな変化は
これはもう肌で知り口移しで伝えるしかないではないか
「ヘル」までは辛うじて成立していたものが
「ヘラ」になった途端決壊する
高く聳え立つものの腰がへなへな砕けてしまう
薄い被膜が引き裂かれて
血の滲んだヘリがひらひらしている
あの、だから、わたしメンヘラなんですと君が云う

ああ、そうであったとぼくは思う
主に小説ですがときどき短歌も書いたりします
東京湾埋め尽くすアイスクリームのひねもすのたりのたりかな
手を顎に目だけで斜め上を睨んだら両のこめかみから噴き出す疑問符
ネットで何かを調べようとすると
たいていこういうポーズの女が出てくるんですよ、
知りません？　ああ、知ってる！　思わずぼくの声は弾む
自分の家がいくらで売れるか査定額を知りたがっている女の人でしょう？
それだけじゃないですけどね、と君は暗い声になる
どこかで鳥が鳴いている
空気を入れ替えるための合図だそうだがこの教室には窓がない
死ぬのは怖くありません
でも輪廻転生ってメッチャ怖くないですか
食用の牛に生まれ変わったらと思うとわたし怖くてたまらないんです
今のも一応短歌ですけどね
だって一生鉄の枠に首を挟まれたまま

朝から晩まで食って出して食って出しての繰り返しでしょう
牛だって神経やられてるんじゃないですか
メンヘラ牛、と君が云う
やっぱり和牛なんだろうなあ、思わずぼくは口走る
自宅を売りたがっている査定女は
にっと歯茎をみせて
車のフロントガラスを覆う厚い氷の膜を
小刻みにヘラの先で削り落とす仕草をしてみせる

ひとり

王は午睡からさめると
領地の検分に出かけることを日課とされている
今日は富士見橋の向こうまで行幸された
昨日は新装開店記念セールのスーパーまるやまを視察された
明日の晩餐は焼きソバである
妃は他界し皇子は辺境の地に遠征したきりだ
賓客はこの日もない

復活の朝を祝う唄

無精髭を伸ばしたまま顔を洗うと
どんなにしっかりタオルで拭いたつもりでも
口のまわりの皮膚の表面に
無数の光の妖精が宿ってしまうものです

南の島のジャングルの内部の
苔と蔓と空中根と枝と葉っぱが絡まりあった空間のように、
頭にタオルを巻いたまま寝室を歩き回る女たちの
しんなり撓んだ陰毛の根元のように。

するための時間は、
するべき、ことをうわまわる。

キヌギヌのシーツの皺や
ほどかないまま脱ぎ捨てられたスニーカーの紐の結び目を
太古の叙事詩として読みながら
完璧な半熟卵が出来上がるのを待っています。
キッチンタイマーのチックタックが
諸行無常の響きです。

オンオフボタンをいくら押しても
ウンともスンともいわなかったモノが、
不意に目を開いて
存在の橋掛かりを渡ってくる、
その刹那のなんともいえないウツロな静寂。
七年ぶりに蘇った傷だらけのディスプレイに照らされて
太郎冠者が踊ります。

するための時間は、

するべき、ことをうわまわる。

どれだけ道草を食おうと
いつかはそこへ辿り着いてしまうのだし、
どんなに意地汚く食べ散らそうが
最後はきれいさっぱり片付けられてしまうものなのです。

排水口の奥で
旋風が歌っている

今が今であり、ここがここであり、
なにかがなにかであることの
ほとんどイヤらしいばかりに奔放なフシギさが
黄味とともに溢れ出て
とろりと皿に、垂れてゆくのを
口のまわりの妖精たちが見つめています。

いま

ついに一度も
猫を飼わないままで終わるのだろうか？
ソファの端のクッションが
半ば立ち上がろうとするかのような形にへこんだまま
かたまっている
昨日が
タヒチのように遠い

ふてくされた顔でたべる朝飯の唄

ひとりで朝飯をたべるとき
ひとはたいていぶすっとしている
ひとりで朝飯をたべるとき
笑っている奴はめったにいない
ひとりで朝飯をたべるとき
たとえそこが一流ホテルのテーブルであったとしても
それはあくまでもアサメシであって
チョウショクでも、ましてやブレックファーストでもありはしない
ひとりで朝飯をたべるとき、ひとはえてしてして
ふてくされた顔をしているものだ

だからといって
そいつが不幸だったり

人生にうんざりしているとは限らない
むしろにこにこ笑いながら朝飯をくっている奴にこそ
そういう心配はした方がいいんじゃないか

ふてくされた顔で
もくもくと朝飯を頬張っている奴だって
胸がときめいていることもあろう
心が舞い上がっていることだってあるだろう
鼻の奥につんと涙がこみあげてくることもあるかもしれぬ

つまりいまそいつはそこで
ふてくされた顔で朝飯をくっているのだとしても
それはあくまでも世を忍ぶ仮の姿で
ほんとうのそいつは
あの日、あの空の下、あの川のほとりで
いまもふぬけのようにうっとりと立ち尽くしているのであって

ひとりで朝飯をたべるとき
ひとがたいていているのは
かつて耐えがたいぶすっとしていほどの歓びにつつまれた一瞬があり
いまその一瞬はどこにもなく
なのにその歓びの陽炎だけは
しつこい借金取りのようにつきまとって離れようとしないからで

ひとりで朝飯をたべるとき
我知らずふてくされた顔をうかべているのは
冷めているから熱いから
旨いから不味いから甘いから苦いから
それを味わう自分が生きているのにもう死んでいて
死んでいるのにまだ生きているから
にっちもさっちもいかぬまま
ひとはそそくさと

茶を啜る

ここ

老いて
目がかすむ
過ぎ去った日々が
もっとよく見えるように

老いて
耳が遠くなる
死者たちの
声を聞くために

チョー甘い恐怖の唄

トースターから飛び出したパン切れがふたつ
双子の仔猫のように空中でくるりと身をひるがえす
そのまままっすぐ落ちて台所の床に転がる
猫と違ってパン切れには着地という概念がない

『にじゅうかぎかっこ』という言葉は
音だけ聞くとちょっと怖い
『にじゅうかぎかっこ』と頭の中で呟くたびに
乳白色のくすんだものが壁の裂け目からにゅっと染み出してくる

おーい、と若い男が道ばたで両手を振っている
ヘッドライトに浮かび上がる雨はモノなのかコトなのか？
おーい、男は必死で叫んでいる

ハンドル越しに眺めるとすべてが演出に思えてしまう

なにも信じずに生きてゆくことは実はたやすい
言葉とマネーが入れ替わっていることに誰ひとり気づいていない
5分後は予見不能だが50年後なら疑う余地もない
いつかは還元できるポイントとしての愛

どんなものでも完全に平べったくできる技術
郵便局の午後にはいまもなお永遠が漂っているという噂
チョー甘い飴を舐めながら恐怖について語ろう
同じ山羊の毛でも白と黒では値段が違う

道ばたで助けを求めていた若い男は
実は私たちを助けようとしていたのではなかったか？
幸福を求めずに生きてゆくことはたやすい
チョー甘い恐怖を舐めよう

棒を持つ男たちの唄

男たちが歩いてゆく
横一列に並んで
手に手に長い棒を持って
妙に間延びした声で呼びかけながら

男たちが歩いてゆく
山の斜面を
波のようにゆらゆら揺れながら

先祖代々伝わる
農耕の儀式をしている村人たちのように
疲れきった革命軍兵士のように
ぷすぷす　ぷすぷす

太刀でも銃でもなく
ただの棒を持って立っている人は
どこか可笑しくなぜか悲しい
みんなでいてもぽつんとひとりぼっちにみえる

男たちがなんど呼んでも
空は答えない
どこまで深く土のなかへ差し入れても
ぷすぷす　ぷすぷす

全員がそれを知っているのに
誰もそれを口にしない
ただ手の棒だけが
すべてを語りあかしてにべもない

ズックの片方
衣服の繊維
白い欠片
笑い声

いつかは指の先から
棒を手放す
いまここにいる者たちも一人残らず
そこへ行く

でもいまはまだ……
棒の先で突き刺して
この世に無数の穴をあける
するとそこから眩い光の矢が射してくる

男たちが歩いてゆく

決して聞くことのできない声に
耳を澄まして
ぷすぷす　ぷすぷす

いざない

石畳とはなびら
比喩ではなく　それでいて
事実と月並を超えて　石畳とはなびら
……もう、流されてしまおうか？

危険なキュウリの唄

今朝キュウリをスライスしていて
ふとその断面を
覗きこんでしまいました

なんときれいな
色と模様だろう、思わず息を呑みました

可笑しなことです
キュウリなんて毎日のように
見てるのに

うっすら濡れた断面が
いとおしい

と思ってしまった

それから間を空けずに呟いていた
死んでみたい、と

死にたい、じゃなくて、死んでみたい、です

蛇口から流れ落ちる水のなかで
自分の手が
ゆらゆら燃えていました

その手でキュウリを食べました

火でも水でもない
味でした

十本300円で買った
キュウリです
今はもう
どこにもないキュウリです

あさ

コップのなかに水がある
コップのかたちをしてたまっている
コップのそとに空気がある
湿度は54・7%である

目にみえる僅かな水が
目にみえない膨大な水にとりかこまれている

私のなかに私がいる
私のかたちをしてたまっている
そとへ出てゆくのを
待っている

今際の汀の唄

わたしは汀（みぎわ）にゆれています
昏き深みを生き抜いて
とうとう表層（ここ）までたどり着きました

空、
ひろいんですね
海なんかよりもずっと

太陽って、 波間に砕け散った欠片じゃ
なかった
わたしの目玉みたいにまん丸い

あの白くぽっかり音もなくながれてゆくのが

噂に聞いた
「時間」でしょうか？

わたしは剝き身のダイオウイカです
なす術もなく仰向いて
あられもない姿を晒しています

足が二本ちぎれております
なま白いペニスがにょろりと伸びております

あゝ、恥ずかしい、情けない
もう愛も欲も尽き果てたはずなのに
未練がましく虚空を弄り
まだ立ってしまう
求めてしまう

ゆれているのは
海でしょうか、自分でしょうか、
分子でしょうか？
大波小波にほどけていきそう

頭上で輪を描く鳶さん
もう少しの
ガマンですよ

ヤドカリさんと仲良く分けて召し上がれ
（氷漬けの標本なんかに
なるのは嫌）

わたしは今際（いまわ）のダイオウイカです
深き淵より浮き上がり
空の奥処へ沈んでゆきます

ひめごと

メリタの白いコーヒードリッパーの底の四つの穴から
　ぽたぽたと降りしきる褐色の熱い雨垂れを
　　並んで見上げる曽良と芭蕉――
そんなメタバースでならふたりの愛も叶うのかしら?

コオロギの唄

コオロギが
鳴いている
からっぽの
うすあかるい
土俵の上で
コオロギが
鳴いている

肋骨が
ふるえる
背筋を
光の滴が

伝いおりてゆく

コオロギが
鳴いているので
忘れ
ラレナイ
また暗闇に
手をのばしてしまう

外はもう
冬枯れの日々
なのに

胸のおくの
うすあかるい
からっぽの

中心で
コオロギがないている

はる

生後二日の
赤ん坊に会いにきました
まだ名前はありません
ウンチはもう三回したそうです

赤ん坊が目をさますのをまっています
そとでは雪がまっています
つぼみはふっくらはっています

左手がくぅいーと伸びをしました
赤ん坊のまわりに透明な波紋がひろがってゆきます
私は用件を膝にのせて
のたりのたりと揺れています

燃えるゴミの唄

道ばたの
青いネットの下から這い出して
燃えるゴミが
団子坂をおりてゆく

燃えるゴミは
薄い膜につつまれている
隠しながら
見られるための半透明、見せながら
隠したがる乳白色

エビの頭
書き損じの恋文

使用済み超極薄コンドーム
ひとつひとつはただのゴミでしかないのに

ひと塊になったとたん
〈燃えるゴミ〉
と呼ばれる浮き世の身勝手

坂下の交差点の角にも
ゴミの袋が整然と積み上げられている
もっともこっちはネットなしだ
下の袋は破れて中身が路上に飛び出しちまってる

カラスはカラスの
リアリティを生きているだけ
燃えるゴミにとってのリアリティは、
燃える、燃えない?

信号が青に変わった
燃えるゴミは小学生たちといっしょに
横断歩道を渡る

スーパーの店先の
特売の野菜やカップ麺やトイレットペーパーを
じっと眺める

モノは
どこでゴミになるのだろう?
あるはいつ
ないになるのか?

袋の裏には細かい汗の滴がびっしり
そのもっと中心は

かすかな熱さえ帯びている
燃えるゴミの「燃える」って、自動詞だったのかしら

不老不死を気取っている燃えないゴミたち！
輪廻転生を信ずる資源ゴミ！
すべては燃え尽き、
やがてゆっくり冷えてゆくだに……

鉄橋の向こうから
ゴミ収集トラックがやってきた
燃えるゴミは慌てて土手の斜面を転がり降りる

空のレジ袋が
川面の上を飛んでゆく
入道雲が向こう岸から湧き上がってる
太陽だけが

眩しすぎて見えない夏の朝
まだ、燃えていない
燃えるゴミが

むせかえる草いきれにつつまれて
おのずから、みずからの
結び目をときほどく

そこの唄

ここはそこだよ
そこがここさ
そこのそこ
どんぞこだい

そこがすきなんだ
ここそこそしないぞ
そここそが
いまここのそこ

そこがそこで
あってよかった
そこにそこがなかったら

それこそたいへん

そこで
ねっころがっている
そこから
ながれぼしをみあげる

そこがここだよ
ここがそこさ
ずっとそこで
いきてゆくんだ

そこしれぬ
しずけさにかこまれて
そこはかと
くちぶえふけば

ここもあそこも
どこもかしこも
そこそこに
そこの上だよ

ジョンの唄

ジョン
君は駆けだす
ジョン
君の肩の骨が波うつ
ジョン
君の眼がすーっと細くなって
回転するフリスビーの行方を追っている
ジョン
君が水に入ってゆくと
君のまわりで水は飛び跳ねる
うれしそうに
ジョン

どこまでが君の歓び
どこからが水の悲鳴
僕のシャツまでびしょびしょになってしまうよ

ジョン
君の爪が地面を蹴る
君のカラダがゴムのように伸びる
くちびるが捲れあがって
歯が剝き出しになる

そう、君の歯と唇と爪

ジョン
君はだれ?
僕の幼い息子
君はだれ?

僕の年老いた父親
君はだれ？
僕が少年のころ飼っていた犬
それともまだ生まれてくる前の僕自身？

こんなに近くにいながら
君の本当の姿を僕はまだ見たことがない

ジョン
時の流れ
ジョン
場所のひろがり
ジョン
絶えまなく変化する世界の中心

喉が渇いたら

空を飲む

そうだ、ジョン、君の

歯と唇と爪

本駒込ライフ

本駒込ライフ

本駒込とは
ホントウの駒込という
意味であろうか

だとしたら
ただの駒込とは
ニセモノだったのか

本駒込は
駒込（北）と
本郷（南）の間に挟まれている

あ、だから
本駒込だったのか、でも

だとしたら

駒込本の方がよかったのではないか
あるいはむしろ
駒本郷？

●

ホントウの本駒込に越してきたからといって
私がニセモノでないという保証はない

ホントウの私は、ひょっとしたら
駒込本の路地裏あたりで
逆立ちしている……

●

本駒込界隈には
金物屋が見当たらない
日用雑貨用品店も見つからない

だからまだうどんもスパゲッティも
湯掻けないし、流しの前の床は
剝き出しのままだ

フィンランド・カフェだとか
ダンス教室はあるのに
鍋釜や足マットがないのはいったいどういう了見か

人はパンのみに生きるに非ず？
存在の形而下としての実生活なんぞは
巣鴨に任せておけ？

……そういえば本駒込には

風俗もない

•

手拭いの
端がほつれて
風にそよいでいる
糸それぞれに
違う
捩れ方で
それは
本駒込ではなく
どこか別の場所でもよかった
流血のヤンゴンでも

窒息の香港でも
アンネの
永遠に閉ざされた窓辺であっても

手拭いは
赤白のリンゴの図柄
よれよれと風にそよぐそのほつれた端が

今日の本駒込の最臨界だ

•

本駒込に関して
云うべきことは何もない
何を云ったたって
本駒込に関することになってしまうのだから

思いがけず上着のポケットから
レジ袋がふたつも出てきた
くしゃくしゃに丸まって皺だらけの
半透明の物体は一種壮絶な美を放っている

……ほらね、

何をどう云おうと
結局同じひとつのことでしかない

そのひとつのことを語り尽くそうとすれば
本駒込から、言葉は
一語残らず消え失せてしまうだろう

それでいて
田端界隈では相変わらず
「過払い金」「ズワイガニ」など

・

浴槽の蓋の上に
枯葉が一枚落ちていた
どこから入ってきたのだろう？
こんなことも
本駒込ならではだ

・

「本駒込ひとつ下さい」と云われて
歯ブラシを差し出す者はいない
だからといって
本駒込そのものを差し出すことも不可能だ
土地は本駒込ではない
地図は地図である

抽象概念としての本駒込
シニフィエにしてシニフィアンな本駒込

パークメゾン本駒込の
通いの管理人（若い女だ）が道を掃いている
角に停めた軽自動車のなかで運転手が昼寝している
ウェルシア動坂店に歯ブラシが並んでいる

本駒込とは、何なんだ？
そこに存在している「私」とは？

•

子供たちの遊ぶ声がきこえる
キッチン（南）でも寝室（西）でも
浴室の窓（北）からも

それでいて遊ぶ子供たちの姿は見えない
神明公園は東に在る

●

死ぬ間際の父の病室の窓からは
幼稚園が見えた
小さな青が音もなく走り回っていた
いつの間にか子供たちの声は止んでいる
さあ、何が見える?

●

公園には巨大な鳥かごがある

午前中には雛鳥が
いくつかの群れに分かれてやってくる

午後の始まりはしんとしている
枯葉が一枚
宙に浮かんでいたりする

夕方になると
揃いの羽根をまとった鳥たちがやってきて
野球の練習を始める

これは平日の話

•

日曜日にはその棲み分けが崩れて

あらゆる種類の鳥が同時に集まってくる
それぞれ好き勝手に飛び回る
ぶつからないのが不思議なくらいだ

烏合の衆というよりも
物質を構成する各種の素粒子

●

子供の頃、森のなかで
小さなプラスチックの虫かごに
アゲハ蝶を一羽と
タマムシを数匹、それから
アブラゼミを何匹も詰め込んだことがあった

夕暮、母に云われて
籠の扉をあけてやったら

勢いよく飛び出していったアブラゼミと
のろのろと這い出していったタマムシのあとに
ぼろぼろに翅の破れたアゲハが一羽
籠の隅に残されていた

•

母は四十五歳の若死にだった
両の翼を癌でぼろぼろにして

•

夜が来ると
神明公園はひっそりと静まりかえる
巨大な籠の片隅には
孔雀の亡霊

•

郵便配達夫がやって来て
ベルを鳴らす
（ただし一度だけ）

階段を駆け上がってきて
ドアの隙間越しに封筒を差し出す
「ここに判子を」

生まれ変わったら
郵便配達夫になってみたい
ずっとそう思いながら生きて来ました
激しい吹雪（フキ）にけぶる花巻あたりで

たったったと
暗い階段を降りてゆく
赤いスクーターに跨って去ってゆく
こぶしひとつほどの排ガスだけを後に残して

（彼らは本郷郵便局の職員なのだ）

・

誰もが最後は
本駒込の外へ出てゆく

・

本駒込の歴史は
意外に浅い

せいぜい5秒、ときには
1／30秒くらい
その代わり
何度でも繰り返すことができる

それではずっと「現在」のままではないか
と思うかもしれないが
全然違う

この今と
その今の間のクレバスの
底に、うっすらと
塵がつもり

蟋蟀が一匹
オリジン弁当の看板の
ＬＥＤランプを浴びて鳴いている

本駒込の歴史はそこで始まりそこで終わる

•

あらやだ
この子、ネコのくせして
横断歩道渡ってるよ
と、ふくの湯のおかみが云った

真っ黒いノラは
真っ白い縞のうえに浮かび上がったかと思うと
次の瞬間、奈落の底に消えてゆき
再びぬっと姿を現す

あるとないとがタンゴを踊る

•

雨上りのアスファルトは
雨に降られているときよりもずっと黒い

世界中どこでもそうなのだろうか？
移動も越境も奪われた本駒込にとって
千代田区もブラックホールも本質的に同じである

•

本駒込の孤独は
谷中・根津・千駄ヶ谷界隈の
通称ヤネセンの孤独とはどこか違う
もちろん松濤や
パリの孤独とも相当違う
本駒込の孤独について
本駒込自身は

語るべき言葉を持っていない

孤独って、そういうものだろう？

•

だが本駒込は信じている
この世のどこかに
ここと寸分違わぬ孤独があるに違いないと

そこでも誰かが
きっとネジでネジ回しを回している……

そう思うことで
本駒込の孤独は紛れるどころか
ますます深まるのだが

•

本郷通りを挟んで
白山通りと
不忍通りが走っている

本郷通りは尾根に沿って伸び
白山通りと不忍通りは
谷底を這う

本郷通りから
白山通り乃至は不忍通りへ歩いてゆくとき
人は（ケモノも）上から下へ下がり

白山通り乃至は不忍通りから
本郷通りへ行くときは
下から上へ

これを何万回いや何百何千万回と繰り返すうちに
いつしか本郷通りも
白山通りも不忍通りも剝げ落ちて

上から下へ
下がり下から上へ
上がる

という純粋な高低だけが残される
その時こそ人は
動坂の動坂たるゆえんを会得するだろう

雲も蜘蛛も
とうに知っている話である

•

本駒込の上空を
寒冷前線が流れてゆく

本駒込の地底には
太平洋プレートが流れている

本駒込に夕闇が流れ込んでくる
駒込病院の病室の明かりが夜空に瞬く

フラットになった脳波が
けたたましい電子音の響きとともに流れてゆく

本駒込の空中を電波に乗って
流行歌が流れている

本駒込の子宮から

月足らずの胎児たちが流れだす

笑いさざめきながら
北千住行きのバス路線に沿って流れてゆく

仲良く仰向けになって
二階の窓のあたりの高さを流れている

流れ星も、通貨も
ウォシュレットも流れてゆく

数えきれない流れに耳を濯がれ
つるつるに肌を磨かれて

黒光りしている
本駒込に

石焼き芋の呼び声が流れてくる……

•

かつて本駒込と呼ばれていた丘陵を
鹿の群れが走ってゆく

•

一匹の背中には
未熟な双葉のような
翼の出来損ないが生えかけている

•

終末はまだ続いているのだ

•

本駒込の面積は
1，292km^2　最近の人口は
27，576人　ひとりあたりの面積は
46．85m^2である

ワルシャワゲットーの面積は
3．3km^2　ピーク時の人口は
445，000人　ひとりあたりの面積は
7．55m^2だった

路上から空を仰ぐ
オリオン座が瞬いている　手は
届かない
見ているだけだ

どこからか
沈丁花の匂いがする

姿は見えない　うっとりと
目をつむる

歩道橋の下には
フォドナ通り[★1]と本郷通りが
縺れ合って
時空を貫いている

人生は
美しいゲットー
永遠という鉄条網に囲まれた
散歩の道順

Umschlagplatz[★2]（集荷場）の手前で引き返して
今日を終える

•

魚沼酒店の主人は
もう何十年もこつこつと
エスペラント語を独習しているという

ひそかに
言語的亡命を
企てているのだそうだ

妻も子も捨てて
人類共通のユートピアへの単独密航を

店の壁には
半ば剝がれかかった
「維新の会」のポスター

本駒込での暮らしの

いったい何が不満なのだろう？

亡命成功の暁には
秘蔵のザ・マッカラン18年もので
祝杯をあげるつもりらしい
あの同じ店の奥から
gojon![★3]と

●

真夜中に目を醒まして
そのまま横になっているうちに
ふと気づいた
ひっそりと驚いていた
自分が息をしていることに

•

ゆっくり、深く、息をすると
息は息ではなくて
波になる

寄せては引き
引いては寄せる海のほとりで
心と体が
ひとすじの波打ち際に縒り合されてゆく

上野あたりは
もうすっかり海の底だろう……

•

愛について

本駒込は語るべき多くを持ってはいない
愛について、本駒込は
むしろ寡黙でありたいと思っている

•

静まりかえった
真夜中の駒本小学校の校舎にも
子供たちの歓声に溢れた真昼の校舎に劣らず
本駒込は愛を感ずる

•

ひとつの場所として
ただそこにあるだけの本駒込に対しても
愛は惜しみなく与えてくれる
花びらで　驟雨で　虫の音で　人々の呼び声で

けれど本駒込にはその愛を受け止めることができない
城壁はおろか塀の囲いすらないので
ひたすら晒され洗い漱がれているばかりだ
潮流のなかの孤島のように

•

時折訳もなく
裏返ってしまいたい、と本駒込は思う
がばりと裏返って
隣接する白山の上に覆いかぶさってしまいたい!

•

LEDバルーンライトの白々とした光線に照らされながら
コンクリート破砕機のドリルに身を委ねている

限りなく受動的で、自ら他者に
働きかけることのできない本駒込である

そんな本駒込にとって
愛とは何なのか？　一体どんな意味があるのか？
本駒込の中心で
本駒込が問いかけている

●

不忍通りと動坂の交差点を
東から西へと渡りながら考えた――
自分には本駒込にいるか、さもなくば
本駒込にいないか
ふたつにひとつだけなのだ

突然なにもかもがアホらしくなる

•

二丁目のファミマで買った
濃厚宇治抹茶アイスを食べているとき
本駒込が私のなかに入ってきた

おずおずでもずかずかでも
しゃなりしゃなりでもない絶妙の間合いで
気が付いたらもう

そこにいる
何をするでもなくただ居座って
いる　鳩尾あたりに

私はいずれここから出てゆくつもりでいるが

向こうの方では一生私のなかに
棲みつくつもりか?

がぶがぶとお茶を飲んでも
わざとゲップをしてみても、本駒込は
平気の平左で

私のなかに結界を編んでしまう
お互い様とあきらめて
歯を磨く

●

主語でも、場所でもない
無限に渦巻く述語の渦としての本駒込……

●

本駒込とは小学校の
学芸会の舞台のようなものだ
いまその床はスポットライトに照らし出されて
書割の木々が枝を広げている
リンゴをひとつ
頭の上に載せた二年生男子が直立不動で
激しい尿意に堪えている
舞台の袖では
塵の粒子がきらきら輝きながら
不規則な動きを示して宙を漂うさまを
台詞のない村人3が

我を忘れて見入っている
明日になれば
それらすべてが綺麗さっぱり片付けられて
舞台は空っぽ　春休みの閑けさの
暗がりへと沈んでゆくだろう
本駒込とはその床の中央やや下手寄りに付着した
かすかな染みと臭いだ

●

白い紙の左から右に
一本の線を引く
線の上に

小さな丸を描く

上の方には
もっと大きな丸を描く

恐怖について
考えながら

本駒込の
風景を描く

•

目に見えない木を
目に見えない斧で
伐り倒す

目に見えない鳥を
目に見えない銃で
撃ち落とす

本駒込という名の
地獄の辺土で

目に見えない鬼が
目に見えない児を
喰っている

•

今日も
本駒込から
客船が出てゆく

汽笛もテープもなしで
飄々と
おおきな
空っぽを抱えて

歩道を走る
原付自転車の座席から
赤ん坊がじっとそれを見ている

深さに支えられた
薄い表面で

前髪と
籠の長ネギが
同じ風に吹かれている

•

本駒込には
トカゲがいる
本駒込には
排水口がある
一見無関係なそのふたつを
結び付けているものはなにか？
（ヒント・トカゲは排水口に入っていけるが
排水口はトカゲの中に入っていけません）

•

本駒込自身の詠める十一句

一斉に抜かれてみたし風呂の栓

バナナひとつ剝けぬ我が身の虚ろかな

間違うてふことの不思議に銀杏散り

人類を「ながら見守り」酔ひもせず

年明けてニッポン何様鷹茄子

カブールを思えど遠き神無月

我が愛の電動歯ブラシ未だ止まず

血を吸っていよよきよらのモーツァルト

底知れぬ悪なき我に仏なく

綿埃よ！　無から有への旅の宿

我過ぎてとわの悲しみ徒歩7分

•

死は

本駒込の内にあり

死は

本駒込の外にある

自分自身の死というものを
本駒込は
イメージできない

巨大隕石の
直撃だろうか？　富士山の
大爆発だろうか？
それとも事務的な地名変更？

死とは本質的に理解不能だからなのか
死すべき自分の
主体そのものがいまだに摑めていないからなのか
それすらよく分らないが

本駒込の生活に特段の支障はない

●

空から小鳥が墜ちてきて
地面の上に
乾いた音をたてた

人間たちは
自分がいずれは死ぬと云うことを
どう思っているのだろう？

小鳥を中心として
透明な波紋が広がってゆく
無数の波紋と波紋の交わりの網目のなかに
本駒込は浮かんでいる

●

ジュース　とうふ
しいたけ　ベーコン　ハム
そばつゆ……

呪文のように
誰かがそう唱えている

ジュース　とうふ
しいたけ　ベーコン　ハム
そばつゆ……

その抑揚とリズムに揺られながら
本駒込はうとうとする

ジュース　とうふ
しいたけ　ベーコン　ハム

そばつゆ……

はっと目を醒まして
一瞬ここがどこなのか分からなくなる

たった今、自分は
自分のなかにあるスーパーまで歩いていたような……

それから全てが戻ってきて
本駒込は再びこの世界の一隅にすっぽりと嵌めこまれるが

……じゅうすとうふ
しいたけべえこん
はむそばつゆ……

声はまだかすかに聞こえてくる
内でも外でもないはるかに遠いどこかから

豚バラ肉を忘れてるぞ
と、他人事であるかのように
本駒込は思う

•

本駒込がコーダしている
人の耳には聴こえない、草木や鳥獣
石と空と水の声で

本駒込がコーダしている
ニッポンのほぼ中央に位置しつつも、その裏側から
面（おもて）を伏せて

駒込カフェの二階の明かりが消えたあとも

福の湯の湯がすっかり落ちてからも
駒本小前交差点の信号の赤い点滅に合わせるように

本駒込がコーダしている
もうなにもかも終わってしまったと
まだなにひとつ始まっていないいを掻き混ぜながら

本駒込がコーダしている
ビッグバンの余韻の最後の波形の
かぎりなくフラットな草原に寝そべって

本駒込がコーダしている
いま Now

★1——フォドナ通りはワルシャワゲットーを南北に貫通する通り。この通りは「アーリア区」に属していたため、ゲットーに収容された人々は立ち入ることを許されず、その上にかけられた歩道橋を渡ってゲットー内を東西に移動した。

★2——Umschlagplatzはゲットー北部に設置された集荷場で、貨物列車が発着した。ゲットーの住民の多くが、ここからガス室のある大規模収容所へ移送され虐殺された。

★3——ĝojonはエスペラント語で「乾杯」の意味。

初出

二〇二二年六月二十五日、「黒い犬を抱いている唄」を和合亮一と平川綾真智によるオンライン・イベント「礫の楽音」Vol.8にて朗読。二〇二二年十二月十三日、ライブハウス「ひかりのうま」（東京大久保）にて「めっちゃ眠い唄」を朗読。この日、「ジョンの唄」「ずぼらな女」は徳安慶子（遊舞舎）の舞踏、小山正博（sofabed）の演奏とともに朗読し、「本駒込ライフ」朗読に際しては舞踏と演奏に加え映像上映も行った。「ジョンの唄」はその後「現代詩手帖」二〇二三年一月号に掲載。

四元康祐（よつもと・やすひろ）
主な詩集に『世界中年会議』（山本健吉文学賞）、『噤みの午後』（萩原朔太郎賞）、『ゴールデンアワー』、『日本語の虜囚』（鮎川信夫賞）、『現代ニッポン詩（うた）日記』、『単調にぼたぼたと、がさつで粗暴に』、『小説』、『鮸膠』など。詩文集に『フリーソロ日録』、『龍に呑まれる、龍を呑む――詩人のヨーロッパ体験』、小説に『偽詩人の世にも奇妙な栄光』、『前立腺歌日記』があるほか、『ホモサピエンス詩集――四元康祐翻訳集現代詩篇』、『ダンテ、李白に会う　四元康祐翻訳集古典詩篇』などの翻訳、評論書など多数。二〇二〇年より三十四年ぶりに生活の拠点を日本に戻す。

ソングレイン

二〇二三年八月二十一日　第一刷発行

著　者　四元康祐
発行者　小柳学
発行所　株式会社 左右社
〒一五一－〇〇五一
東京都渋谷区千駄ヶ谷三－五五－一二　ヴィラパルテノンB1
TEL 〇三－五七八六－六〇三〇
FAX 〇三－五七八六－六〇三二
https://www.sayusha.com
装　幀　松田行正＋杉本聖士
印　刷　株式会社ディグ

Printed in Japan. ISBN978-4-86528-382-2